Ody – Querbeet

Ody –
Queerbeet

Gedichte

Edition Thaleia

Bibliografische Information:
Die Deutsche Bibliothek verzeichnet diese Publikation
in der Deutschen Nationalbibliografie.
Ein Titeldatensatz ist erhältlich bei der Deutschen
Bibliothek oder abrufbar im Internet unter:
http://dnb.ddb.de

Erste Auflage 2010

Umschlaggestaltung: Gregor Köhne
Herstellung: PRISMA Verlagsdruckerei Saarbrücken
Gedruckt in Deutschland
auf FSC-zertifiziertem Papier der Papierfabrik Munken

Herausgegeben mit Unterstützung des Vereins
Interessen-und Förderkreis Literatur und Kunst e. V.

Verlag Edition Thaleia, St. Ingbert
Internet: www.edition-thaleia.de

ISBN: 978-3-924944-92-6

für meine Eltern,
die im Erscheinungsjahr dieses Buches
ihre Goldene Hochzeit gefeiert hätten
und für mein Schwesterherz

Lies mich

Lass deine Seel an meiner kleben,
und sich, in Wortes Spiel versunken,
fast zärtlich in die meine weben.
Getaucht in bunte Bilderfluten,
gemalt in meinen kurzen Zeilen
magst du in meinem Innern wandern,
nur da, wo Zauber ist, verweilen.
Und werd nicht satt, in mir zu lesen.
Auf deinem kleinen Hexenbesen
sollst du durch meine Welten jagen.
Wirst dich an vielen Orten fragen:
Ist er denn wirklich hier gewesen?
Ist doch in meinen Wörterreigen
schon viel zu viel gesagt
von dem,
was mich im Leben rührt.
Was meine Seel noch tiefer spürt,
verhüll ich stillvergnügt in Schweigen.

tierlieb & tierleid

GirAffenliebe

Affe hat im Abendrot
mit Giraffe Liebes-Not.
Soll sie lieben, soll sie küssen,
wieder lieben, wieder küssen,
rast wie blöd halsauf, halsab,
macht, wen wundert's,
schließlich schlapp,
was Giraffe sehr empört,
die mal wieder unbetört
in der weiten Steppe steht,
hochgepuscht und überdreht.
Tja, sie weiß seit langem schon:
Liebt mich einer und ist kleiner,
braucht er eines: Kondition.

Ins Schwarze

Ein heißgelauf'ner Pudelrüde,
der macht im Nu das Rudel müde,
berührt doch seine Nudel gern
der Pudeldamen Pudelkern.

Kuss der Spinnenfrau

Spinnenmann
macht irgendwann
ganz spontan
Spinne an.
Spinnenfrau
lässt dann und wann
Spinnenmann
auch gerne ran.
Spinnenfrau gibt
Spinnenkuss.
Spinnenmann:
Exitus.

Handicap

Waren fünf besonders scheene
und auch wilde weiße Schwäne.
Konnten schwimmen, konnten fliegen
und grazil am Ufer liegen.
Konnten nur nicht lange gehen,
wegen Schwimmhaut zwischen Zehen.
Und so machten sich die Schwäne
nur recht selten auf die Beene.

Dicke Möpse

Ne Möpsin trifft 'n dicken Mops
und beide sticht der Hafer
und wenn so 'n kleiner dicker Mops
'ne Möpsin trifft, dann darf er.
So sieht man einen von den Mopsen
mit seinem ganzen Mopsgewicht,
von hinten auf den andern hopsen,
der kurz darauf zusammenbricht.
Willst du dich also sicher wiegen,
du kleiner praller Mopsen-Hund,
dann liebe lieber nur im Liegen
auf möglichst weichem Untergrund.

Das geht auch kürzer:

Ein kleiner Mops,
so dick wie 'n Klopps,
geht beim Gepopps
auch gern mal hopps.

Qual der Wahl

Heut will er mal, der Killerwal,
und schmettert Walgesänge.
Er wünscht sich einen Damenwal
in seiner Meeresenge.

Sein Walgesang im Überschwang
als typische Beschallung
bringt, weil er wohl so lüstern klang,
die Walinnen in Wallung.

Prompt hat er auch die Qual, der Wal.
Er kann die übergroße Zahl
der Damen gar nicht zählen,
soll aber seinen Damenwal
aus all den Walen wählen.

Hoppla

Ein tapsiges Fröschlein am Weiher,
das ging einem Barsch auf die Eier.
Es sprang in den Teich,
dem Barsch auf den Laich.
Der schrie gleich: Jetzt hol dich der Reiher.

Die Yorki-Trilogie

So sorry, Pepita

Kreischend steht Frau Basedow
auf der Yorkshire-Hunde-Show,
denn Pepita, preisverwöhnt
und auch heute preisgekrönt,
hängt in einem Husky-Rachen:
Ups, da kann man nix mehr machen.

Leise brechen kleine Rippen,
Frauchen scheint schier auszuflippen,
und bevor sie sich verguckt,
ist Pepita schon verschluckt,
geht auf Speiseröhrenreise
und beendet ihre Kreise.

Frau von Basedow, der Guten
ist nichts weiter zuzumuten.
Als der Husky sich erdreistet
und noch einen Rülpser leistet,
raubt es ihr die Contenance
und sie fällt in dumpfe Trance.

Merke: Den Pepita-Hündchen
schlägt nur allzu gern das Stündchen.
Rattengroß, hier liegt die Tücke,
wirken sie wie Schappi-Stücke
auf den großen starken Hund.
Tja und Schappi ist gesund.

So sorry, Pepita (Nachruf)

Frau von Basedow, erschüttert,
da Pepita jüngst verfüttert,
kann an keinem Grabe weinen,
nichts verblieb von den Gebeinen,
die vom Husky, dem perfiden,
wohlverdaut und ausgeschieden
irgendwo im Grünen liegen,
gut besucht von vielen Fliegen,
die Frau Basedow beneidet,
weil sie fern des Leichnams leidet,
während Fliegen sich und Maden
in Pepitas Aura baden.

So sorry, Bienchen

Für die Nerven, die entblößten,
aber auch um sich zu trösten,
liebt Frau Basedow zur Stunde
einmal mehr die and'ren Hunde.
Fips und Biene, diese beiden,
mussten nicht per Husky scheiden.

Fröhlich kläffend an der Leine
springen sie um Frauchens Beine.
Auf der Liegewiese oben
lässt Frau Basedow sie toben.
Fips, der bleibt an ihrer Seite,
nur die Biene sucht das Weite

und entdeckt ein Wildkaninchen.
Wolfs-Instinkt befällt das Bienchen,
welches Yorshire-mickrig ist,
dieses aber ganz vergisst.

Fürs Karnickel ist das Hündchen
mehr nicht als ein Schäferstündchen,
groß, wie die Kaninchendamen
fällt der Hund nicht aus dem Rahmen,
wird von hinterrücks erklommen
und in Rammlerart genommen.
Bienchen, gänzlich überrascht,
wird sekundenschnell vernascht.

Während sie so kopulieren,
Yorki-Schleifchen flott vibrieren,
scheint's auch Hundchen zu gefallen.
Plötzlich hört man Schüsse hallen.
Kaum hat Bienchen es genossen
wird sie jägerseits erschossen,
während der, der sie gepoppelt,
ungeschor'n von dannen hoppelt.

Frau von Basedow erschauert
und der Jägersmann bedauert,
weil mit lüsternen Kaninchen
er verwechselte das Bienchen,
das dann auch noch sterben musste,
und so mehren sich Verluste:
Erst Pepita, jetzt die Biene.
Frauchens Nerven sind Ruine.

So sorry, Fips

Frau von Basedow, geschlagen,
hat am Hundetod zu tragen,
der zuerst Pepita killte,
dann den Sarg mit Bienchen füllte.
Fips, den hält sie in den Armen.
Mag der Herrgott sich erbarmen,
ihr den Letzten zu erhalten:
»Herr, oh Herr, lass Gnade walten!«

Frau von Basedow, sie betet,
während sie das Fipschen knetet,
das, gepresst in ihre Brüste,
eigentlich mal atmen müsste.
Doch sein Frauchen ist emphatisch.
Ihr Gebet wird sehr dramatisch
und noch lange gibt's kein Amen.
Fipsens Lebenskräfte lahmen.

Eingepfercht in Oberweiten
naht das Ende seiner Zeiten.
Frauchen scheint das nicht zu stören,
brustgedämpft ist nichts zu hören.
Nicht sein Jaulen, nicht sein Bellen,
keine Todesschreie gellen.
Nur die Pfötchen sieht man treten
und die Basedowsche beten.

Als sie dann mit Amen endet
und den Fips am Busen wendet,
kann sein Leibchen nur noch baumeln.
Basedow beginnt zu taumeln.
Fips hängt schlapp an seiner Leine,
Atemzüge hört sie keine.

Dass er starb an ihrem Busen,
will ihr Blutdruck nicht verknusen.

Frau von Basedow erleidet
einen Herzanfall und scheidet
aus dem hundeleeren Leben.
Fips liegt angeleint daneben!

Alternatives Ende für Hundeliebhaber:

Frau von Basedow erleidet
einen Herzanfall und scheidet
aus dem hundeleeren Leben.
Fips ... erholt sich grade eben,
pfeift sich Luft durchs Hundenäschen
in die schlaffen Lungenbläschen
und zu Frauchens letztem Schnäufchen
macht er heut sein erstes Häufchen.

Ultimatives Ende

Fest verpackt in deutsche Eiche
liegt die Basedowsche Leiche
und zur letzten Ruhestätte
trägt man sie trotz Eisesglätte.

Hinterdrein geht die Gemeinde,
die Verwandten und die Freunde.
Ja, auch Fips, der Heißgeliebte
und in Schmerzen schon Geübte,
folgt dem Sarg mit schlapper Rute.
Ihm ist auch nicht gut zumute.

»Frauchen«, jault er: »Ach, wo biste?«
Fips entdeckt die Eichenkiste
und er wittert durch die Planken,
durch den Wust von Blütenranken
und die winterkalten Lüfte
Frauchens so vertraute Düfte.
Und man hört ihn lauthals bellen,
und man sieht ihn vorwärts schnellen,
hin zu Frauchens Überresten
durch den Tross von Trauergästen,
der, zuvor noch gramgeknittert,
nunmehr ineinander schlittert.

Wer will schon beim stillen Beten
einen kleinen Hund zertreten,
der ihm durch die Beine flutscht?
Also stolpert man und rutscht

auf dem Weg, dem eisesglatten,
über die Natursteinplatten.

Kurz nach den zuvor Genannten
rutschen auch die Ministranten.
Nur der Priester hält sich wacker
auf dem kühlen Gottesacker,
doch die hündische Schikane
endet nicht vor der Soutane.

Nein, sie endet in den Beinen
unter dem Soutanen-Leinen,
was den Priester so erschreckt,
dass er prompt die Arme streckt
und im hohen Vorwärtsbogen
kommt das Weihrauchfass geflogen.

Dieses trifft wie 'n Baseball-Schläger
just den letzten Sargesträger.
Und mit ein paar tiefen Schrammen
sackt er prompt in sich zusammen.
Folglich fehlt der Trägerschaft
plötzlich eine Trägerkraft.

Und das heißt aus Trägersicht:
Nunmehr fehlt das Gleichgewicht.
Also straucheln die, die buckeln,
und der Sarg beginnt zu ruckeln
und zu wanken und zu schlingern.
Und mit eiseskalten Fingern

kann man nicht mit Würde walten
und schon gar nichts aufrecht halten.

Just, als Fips beim Sarge ist,
weil er Frauchen so vermisst,
als er drunter innehält
und vor Sehnsucht lauthals bellt,
fällt die letzte Ruhekiste
auf die kühle Friedhofspiste
und mit ihrer Unterseite
drückt sie Fipschen in die Breite.

So vereint zur Sterbesstunde
ist nun Frauchen mit dem Hunde.
Flach wie eine Frisbee-Scheibe
schenkt man ihm als letzte Bleibe
und mit kirchlichem Geläute
einen Platz an ihrer Seite,
einen Platz als Gnadengabe
tief im Basedowschen Grabe.

Und im fernen Paradiese
spielen sie auf einer Wiese.
Basedow mit ihren Hunden.
All die Schmerzen sind verwunden.
Drüben juckelt unser Bienchen
fröhlich mit den Wildkaninchen.
Und Pepita sieht man baden
in der Sonne mit den Maden,
während Frauchen und die vielen
andern Engel Frisbee spielen.

So und auch auf and're Weise
endet uns're Lebensreise
und sie endet, so wie diese,
ja vielleicht auf einer Wiese,
wo sich Gräser leichthin wiegen,
Blumen blüh'n und Vöglein fliegen
und wo Frauchen nichts vermissen,
weil sie nunmehr eines wissen:
Menschen, die in ihrem Leben
just ihr Herz an Fiffis kleben
gehen zwar zur Todesstunde
vor die, … doch auch mit dem Hunde.

Und so endet die Geschichte,
ganz egal, wie gern ich dichte,
denn in aller Ewigkeit
gibt es weder Tod noch Leid.
Und wer will schon Seiten füllen
ohne Hund und Katz zu killen.
Wäre sowas ein Genuss?
Seh'n se! … Drum is hier auch Schluss!

Die Flunder

Am Ostsee-Strand
schon halb verbrannt,
da liegt ‘ne platte Flunder!
Kein Wunder, kein Wunder:
Der blöde Fisch,
da sonnt er »sisch«,
statt sich zu trimmen
und zu schwimmen.
Lässt sich beleuchten,
statt befeuchten,
und ehe noch die Sonne sinkt,
da riecht man, wie die Flunder stinkt
.. nach altem Fisch!
Wie »ärgerlisch«!

Relationen

Großes Huhn legt kleines Ei:
Nix dabei!
Kleines Huhn legt großes Ei:
Nur Geschrei.

Meer plus Schwein

Es wär kein Meerschwein
das Meerschwein,
wenn's vorn ohne Meer wär
und hinten kein Schwein.

Wenn's vorn ohne Meer wär,
würd's schließlich ein Schwein
und gar nicht so klein sein.

Wenn's nurmehr das Meer wär,
würd's hinten kein Schwein
und auch nicht g'rad klein sein.

Das Meer ist so groß
und groß ist das Schwein.
Und warum wird beides
zusammen so klein?

Es könnte doch sein,
nur mal angenommen,
wenn eine Menge Meer
und eine Menge Schwein
zusammenkommen,
dass das der Gegenbeweis wäre
für die Mengenlehre?

Raupe adé, Fliegen passé

Sie war noch nicht mal Schmetterling,
sie war ja bloß ‘ne Raupe,
die einfach lieber klettern ging,
verfressen an den Blättern hing,
den ganzen Tag nur kaute
und hemmungslos verdaute.

Statt einem schönen Schmetterling,
nur eine fette Raupe,
so fett, dass es kaum fetter ging.
Bei kühlem Regenwetter fing
sie eine kleine Meise,
und ward gekillt, ganz leise.

Ob das jetzt wohl am Wetter hing,
du arme kleine Raupe,
dass es dir nicht so nett erging?
Nun wirst du nie ein Schmetterling!
Du fliegst zwar, kann man sagen,
doch nur im Meisenmagen.

Triebgesteuert

Der Zuchtstier auf der Kuhattrappe
stöhnt: Baby, du bist nicht von Pappe!
Worauf er sich an dem vergisst,
was schließlich doch von Pappe ist.

Päuschen

Die kleine Honigbiene hat
das Honigsammeln grad mal satt.
In einer Ginsterblüte,
da gammelt sie
vom Sammeln matt
und raucht sich eine Tüte.

Denn wer da Blütenpollen braucht
und dafür über Wiesen fliegt:
Is klar, dass der mal eine raucht,
wo doch das Gras so nahe liegt.

Futterquelle

Ganz plötzlich fiel der Dobermann
im Restaurant den Ober an
und zwar mit seinem Dobermaul.
Da war wohl was am Ober faul,
denn nun verdaut der Doberdarm
ein gutes Stück vom Oberarm.

Alles oder Nichts

Im frühen fahlen Sonnenlicht,
das sich in Nebelschleiern bricht,
erklingt ein Amsellied, erst zart,
als haderte die Liebe noch,
die Stimme zu erheben.
Doch schon im nächsten Augenblick
füllt diese sich mit Leben,
steigt hoch hinauf mit viel Geschick
zu allerhöchsten Tönen
für alle Amselschönen.

Doch nicht genug! Den Vogelmann,
vor Liebe taumelnd, treibt es dann
mit ungebremster Sangeslust
hinauf, hinauf zum hohen C,
was er so vehement beschwört,
mit so viel Timbre, Ach und Weh,
dass jäh
sein Vogelleib vibriert,
und kurz darauf der Amselmann
vor Liebe zitternd explodiert.

Mit einem Knall
sind seine Lieder
nur Rauch und Schall
und kehr'n nie wieder.

Nur in den Daunen,
die da schweben,
getragen von den Windeslaunen,
und in den Spritzern,
die da kleben
und zart im Licht des Morgens glitzern,
erahnt man noch ein Amselleben,
das Nebelschleier früh am Tage
mit tränenfeuchtem Tau beweinen.

Bevor noch erste Sonnenstrahlen
die klammen Lüfte warm durchscheinen,
ist schon ein Amsellied verklungen,
ein Liebender hat ausgesungen,
der um das Hohe Lied wohl wusste,
der alles wollte oder nichts
und dafür sterben musste.

In Memoriam

Für's tiefgekühlte Suppenhuhn
kann selbst ein Tierarzt nichts mehr tun,
auch nicht für's halbe Hähnchen.
Drum weine ich am Küchenherd
verstohlen ein paar Tränchen.
Und ab geht's in den Schnellkochtopf,
und ab geht's auf den Grill.
Man trau're nie zu lang um das,
was man noch essen will.

Savannen-Glück

Elefant im Liebesglück
tanzt verzückt in der Savanne,
weil sie endlich ihn erhörte,
die er wochenlang betörte.
Nur durch ein Trompetenstück
war sie ganz in seinem Banne
und erlag den zarten Klängen,
seinem nimmermüden Drängen,
schenkte ihm ein Rendezvous,
flüsterte: Nur du, nur du!

Eindeutig Zweideutig

Die Taube sprach zum Täuberich:
»Ach Liebelein, ich hör dich nich!«

Ach Romeo, oh Julia

Der stolze Hahn, er ist verliebt,
auch wenn es das wohl selten gibt,
in eine Sau.
Die Schweinefrau
heißt Julia.
»Oh Julia, oh Julia«,
so kräht er: »Du bist wunderbar!«
Und Julia quiekt: »Ach Romeo,
mein Romeo, ich lieb' dich so!«
Jedoch die Hühner sind dagegen.
»Die Sau kann keine Eier legen«,
so schreien die verschmähten Hennen
und fordern, dass sich beide trennen.
Der Eber, ohnedies bedrückt,
da jetzt der Hahn die Sau beglückt,
er protestiert wie das Geflügel
und droht dem Romeo mit Prügel.

Für Julia und Romeo
bleibt nur die Nacht im Haferstroh,
wo sich die Liebenden verschwiegen
in Flügelchen und Haxen liegen.
So lang die Nachtigall noch singt
und nicht das Lerchenlied erklingt,
hält sie die Finsternis verborgen.
Bis morgen! Bis morgen!

Nomen est Omen

Man sagt,
der Eisbär hieße Eisbär,
weil er gerne im Eis wär.
Wenn er da wär, wo's heiß wär,
hieß der Eisbär ja wohl Heißbär,
oder Schweißbär
oder Wer-weiß-Bär.
Doch im Eise heißt der
Eisbär besser Eisbär,
weil so'n Heißbär
(oder Schweißbär
oder Wer-weiß-Bär)
dort im Eismeer
schon ein Scheiß wär.

Abendstille

Über allen Wipfeln ist Ruh,
dachte die Kuh,
als sie sich müde wähnte
und an die Eiche lehnte.
Wo sie nun traumverloren
durch andre Welten taumelt,
wo sanft ihr Euter baumelt,
da macht sie: Muh!

Geometrie einer Schlange

Trittst du auf eine Ringelnatter,
machst du die Natter also platter,
sind ihre Ringelchen mit Mal
nicht mehr so rund,
viel mehr oval.

Schonungslos

Das Reh lag still am Waldesrand,
lag in der Schonung, unerkannt,
bis es den Kopf nach links bewegte,
worauf man es von rechts erlegte.

Short Story

Affe in Hast:
Ast verpasst!
Schrei verhallt
im Regenwald.

Das Drama des Palasthundes

Im Antlitz eines Pekinesen
ist ja so vieles abzulesen.
Die Augen, groß und vorgerückt,
die Nase, klein und eingedrückt,
hat doch der Ausdruck dieses Hundes
im Ansatz etwas Ungesundes:
Als hätte man ihn weit geschmissen
und er die Augen aufgerissen,
weil er ja quasi kommen sah,
was kurz darauf dann auch geschah,
als dieser Flug an einer Wand
sein folgenschweres Ende fand.

Die Fliehkraft, gänzlich ungebeten,
ließ seine Augen auswärts treten:
Sie sind ihm quasi rausgeploppt.
Das Maul hat ja den Flug gestoppt
und wurde, einmal laut geautscht,
wie bei den Autos rückgeknautscht.

Das alles war von kurzer Dauer,
geschehen oben an der Mauer:
Ein kurzer Bumms, die Welt war bunter,
dann rutschte Hund die Wand herunter,
wobei der Putz die Schnauzenreste
im Abwärts auch noch aufwärts presste.

Ein Resultat verschob'ner Masse
wär somit Standard dieser Rasse.
Ein pekinghundsgemeiner Scherz
erfreute nun das Frauchenherz.

Die Henne - 1

Ihr stetes Gackern kündet fröhlich vom Gelege,
das jüngst bereichert und versteckt im Heustall liegt.
Nun pickt sie munter und zufrieden längs der Wege,
wo ihr ein Würmchen schon zum Glücklichsein genügt.

So scharrt sie hier und dort - in allen Blumenbeeten.
Versammelt Kräfte für die wochenlange Brut.
Man sieht sie Krokus und Narzisse niedertreten
und auch den Primeln tut ihr Scharren nicht so gut.

Drum liegt sie tags darauf enthauptet wie entkleidet
mit einem Herzchen, das zum letzten Mal gepocht,
in einer Schüssel, weil soeben ausgeweidet
und ihr Gelege wird zu Ostern hart gekocht.

Die Henne - 2

Sie scharrt, wie oben schon erwähnt, nach Wurm und
Maden,
denn sie braucht Kräfte, wie gesagt, für eine Brut.
Man sieht sie später noch im trock'nen Staube baden,
weil so ein Federvieh das nun mal gerne tut.

Dies mutet an wie eine ländlich-schöne Szene,
doch da ein Virus, oh ein Virus, eben droht,
wird sie das Opfer uns'rer menschlichen Hygiene
und ist den Tag darauf genauso mausetot.

Die Henne - 3

Doch denkt mal an, sie könnte munter weiterscharren
und sorglos brüten, weil kein Mensch ihr Böses will.
Sie würde wochenlang auf ihrem Nest verharren
im Heu verborgen, weil ja regungslos und still.

Sie frönt der Brut und somit artgerechtem Treiben,
guckt dumm ins Heu, weil ja auch weiter nichts passiert.
Was soll schlussendlich mir dann noch zu sagen bleiben?
Dann hat der Mensch sie nicht, jedoch der Fuchs kassiert.

Namensgebung

Das Nashorn heißt Nashorn,
wegen des Horns auf der Nas vorn.
Wär's hinten am Po,
wär der Name fürs Klo.

Forellenflug

Eine nicht besonders helle,
aber schnelle Bachforelle,
die entsprang recht ausgelassen
ihrem Element, dem nassen,
um dann über Bächleins Weiten
durch die laue Luft zu gleiten.
Also flog sie. Doch erwähnte
ich den Schwan, der eben gähnte,
und den Schnabel sehr gezielt
in des Fisches Flugbahn hielt.
Folglich endete die Reise
in des Schwanes off'ner Speise-
röhre, die auch prompt verschluckte,
was da nicht nach vorne guckte.

Fehleinschätzung

Im Lurchgewand mault unverwandt
ein dicker Frosch am Wegesrand,
man möge ihn doch küssen.

Er müsst es besser wissen,
hab ich gedacht
und das gemacht,
was man im Märchen machte.
Ich hab ihn, dass es krachte,
vor eine Wand geschmissen,
wo er dann leider, so ein Mist,
anstatt sich zu verwandeln
und Mär-gerecht zu handeln,
ganz trist verendet ist.

Er war, wie ich vermute,
kein Prinz von blauem Blute.
Was ich da vor die Wände drosch,
war nur ein ordinärer Frosch
mit einem Hang zum Küssen.

Das konnte ich nicht wissen!

Das Kätzchen im Walde

Ein Kätzchen saß allein im Wald
wo's unentwegt miaute.
Der Wald war düster und auch kalt
und voller fremder Laute.

Doch ohne Laute war der Flug
der größten aller Eulen.
Zu ihren feinen Ohren trug
der Wind des Kätzchens Heulen.

Geortet war die Kleine schnell
mit scharfen Kauzenblicken,
gewappnet, ihr ins zarte Fell
die Fänge einzudrücken.

Im Sturzflug setzt die Eule an,
das Kätzchen ... rollt zur Seite.
Und so entwischt die Kleene dann
dem Kauz um Haaresbreite ...

... und springt mit einem Mordsmiau
und mörderspitzer Kralle
dem Kauz in seinen Knochenbau
und macht ihn kurz mal alle.

Nach ihrem Eulenspeisefest,
schleckt sie die kleine Tatze
und spricht zum Eulenüberrest:
»Ey, bin ich Kamikatze!«

Nofretete

Nofretete ist der Name
einer Perserkatzendame
und die Perserkatzenhalter
heißen Sigismund und Walter,
die, das soll's ja auch mal geben,
sehr intim zusammen leben.

Doch obwohl sich beide lieben,
war'n sie kinderlos geblieben,
weil, wie Walter es erklärte,
die Natur das wohl verwehrte,
was der Sigi gar nicht wusste
und zunächst verdauen musste.

Auf dem Fuße folgten Taten
und man ließ sich paarberaten.
Schließlich galt es zu erwägen,
was man mangels Kindersegen,
trotz der Homophilia
tun kann pro familia.

Kinder sei'n im deutschen Lande
nun mal nicht für zarte Bande
zwischen Herren vorgesehen,
gab man beiden zu verstehen,
und es wär zu überlegen,
sich ein Kätzchen zuzulegen.

So ein Perser beispielsweise
sei doch süß und zudem leise.
Große Augen, kleine Nase
brächten Frauchen in Ekstase,
selbst die coolsten Frauchen und
sicher auch den Sigismund.

Der ließ sich auch überzeugen.
Walter hatte sich zu beugen,
denn so 'n Kätzchen, gar kein Thema,
passt ja voll ins Kindchenschema.
Also folgte das Erflehte
dann in Form von Nofretete.

Doch was Sigi gleich entzückte,
war, was Walter mehr bedrückte,
denn der Standard dieser Rasse
hat was von verschob'ner Masse,
so als hätte sie beim Golfen
mal mit Köpfchen ausgeholfen.

Und wenn so ein Golfschlag fällt,
hat man schnell was eingedellt.
Sprich: In Kätzchens Falle die
untere Gesichtspartie,
was den Druck im Hirn erhöhte
und die Augen auswärts blähte.

Tja, von solcherlei Getrietze
guckt sie so, die Persermieze,
und empfindet das Debakel

nicht mal mehr als Schönheitsmakel.
Hat sie doch, man kann's verstehen,
sich ja selbst noch nie gesehen.

Und bei so 'nem Spiegelbild
wär sie längst schon ausgetilt.
Doch 's Gedellte und Geblähte
sieht sie nicht, die Nofretete,
nur der Walter sieht's mit Schaudern
und das lässt ihn gleichwohl zaudern.

Doch, so optisch abgerissen,
hat sie sich ins Zeug geschmissen,
uns're kleine Nofretete,
bis sie ihm den Kopf verdrehte.
Tüchtig kuscheln, tüchtig Schnurren:
So versiegte Walters Murren.

Und zur holden Weihnachtszeit
herrschte eitel Dreisamkeit:
Walter, Kätzchen, Sigismund.
Traulich im Familienbund
hatte man sich lieb und lieber
und war voll im Dekofieber.

Eine Tanne aus der Schonung
stand alsbald schon in der Wohnung,
mit dem Hackebeil gepflückt
und dann überreich geschmückt,
um den rum die Nofretete
staunend ihre Runden drehte.

Draußen: Schönstes Winterwetter,
drinnen glitzert das Lametta
und die Weihnachtskugeln blinken.
Nofretetes Blicke sinken
in die silberblanken Flächen,
die jetzt quasi Bände sprechen.

Wahrheit, die sich ungezügelt
dort im Glanze widerspiegelt,
Wahrheit, die sich wohl verwahrt,
nun in Gänze offenbart
und das Selbstbild voll zerknittert.
Nofretete ist erschüttert.

»Diese traurige Visage
wär 'ne ewige Blamage«,
denkt die arme Nofretete.
»Seh ja aus, wie 'n Klumpen Knete!«
Und der Wahrheit bitt'ren Lohn
zeigt sie nun: Die Depression.

Also beißt sie an der Krippe
in die bunte Lichterstrippe.
Es macht »Puff« und Funken sprühen.
Nofretete sieht man glühen,
bis sie dann, wie man 's ja kennt,
langsam in den Teppich brennt.

Sigismund und Walter schwinden
ihre Sinne, denn es finden
Katzenmutti und auch -vati

ihren Liebling im Flokati,
respektive nur die Spuren
ihres Lieblings und Konturen,

die den Schattenriss markieren
und das Abbild konservieren,
welches Sigismund und Walter,
vormals Perserkatzenhalter,
die nun todesfolglich leiden,
sorgsam aus dem Teppich schneiden.

Kurz darauf hängt Nofretete
hübsch gerahmt an der Tapete
zwischen Streisands Barbara
und dem Bild von Baccara.
Quasi eine Dreifach-Ode
über Sigismunds Kommode.

Und so wird das Fest der Liebe
hier im Hause etwas trübe,
weil die Herrschaft tief bedauert
und um Nofretete trauert,
die per Strom und Suizid
aus dem Katzenleben schied.

Und im hübsch geschmückten Raume
baumeln sie im Weihnachtsbaume
jene Kugeln, die so spiegeln,
dass sie manche Tür entriegeln,
die aufgrund der schweren Bürden
besser nicht entriegelt würden.

Mancher Blick, den wir riskieren
kann zu höchsten Höhen führen.
Einen andern zu entsenden,
kann im tiefsten Dunkel enden.
Doch voll Neugier, wie wir sind,
stellen wir uns niemals blind.

Auch die kleine Nofretete,
deren Leben jüngst verwehte,
konnte ihm nicht widerstehen,
diesem Blicke. So besehen
schreibt der Neugier stete Suche
oft den Schluss in einem Buche.

Nofretete war der Name
einer Perserkatzendame,
und ihr Leben ward genommen,
und ihr Leben war vollkommen:

Voll Liebe und voll Kitekat
und ganz zum Schluss auch voller Watt.

Sommerschlusswort

Die Biene ging vor Sommerschluss
noch einmal in die Vollen.
Sie flog noch emsiger als sonst
von Blüt- zu Blütenpollen,
bestäubte hier, bestäubte da,
auf dass es nochmal fruchtet.
Im Venusfliegenfalle hat
man sie dann eingebuchtet.

Wales Wille

Ein depressiver Killerwal
mit ach so müdem Lebenswillen
befand dereinst im Meer und Stillen:
»Das ganze Leben ist nur Qual!«
Und es sei Zeit, sich selbst zu killen.

Er fand, es wäre schön zu landen,
und eben drum beschloss er dann,
auf einem Inselchen zu stranden,
wo man sich gehen lassen kann.

Kurz drauf schwamm jener Wal ins Licht
der Sonne, die am Himmel stand
und schob sein ganzes Walgewicht
mit Anlauf auf das flache Land.

Da lag er nun und spürte Wärme
und auf der Haut des Windes Hauch.
Er sah von Ferne Möwenschwärme
und eine Palme sah er auch.

Dann fühlte er sich hoch gehoben,
so dass der Wind auch unten blies,
und dann ... zurück ins Meer geschoben
mit nur zwei Worten: »Green« und »Peace«.

Wohin dein Blick sich wendet

»Pick nicht im Dickicht«,
sprach weise die Meise
an Pfingsten zum Jüngsten.

»Es lauert der Fuchs
verborgen im Buchs,
geht gerne dort jagen
und dir an den Kragen,
wenn du dich nicht schickst
und eben dort pickst!«

So riet in der Linde
die Meise dem Kinde,
den Flügel ermahnend
wie warnend erhoben,
und doch nicht erahnend
den Falken von oben:

Der greift sich die Mutter,
macht Mutter zu Futter,
zur Waise den Jüngsten.

Na, fröhliche Pfingsten!

Irren ist tierisch

Eine flatterhaft wie flotte,
doch verwirrte Kleidermotte,
die umschwärmte Rund um Runde
eine Birne. Stund um Stunde
sah man sie mit großen Mühen
Kreise dort um Kreise ziehen.

Doch die Birne tat nicht glühen,
denn sie war ja leider bloß
eine Frucht ... und fassungslos.

Fassungslos, wie uns're Motte,
die sich auf nicht minder flotte
Art bis auf's Chitin blamierte
und den Irrtum nicht kapierte.

Ein Fall von Ostern

Mit der Nase
tief im Grase
sitzt beschützt der Osterhase
und bemalt dort kunterbunt
Ei um Ei im Wiesengrund.

Die »fragille«
Lesebrille
vor der schwächelnden Pupille
sorgt dabei für Kunstgeschick
via ei-geschärftem Blick.

Österliche
Landschaftsstiche,
zarte Farben, feine Striche
appliziert die Meisterhand
auf die Lein-, nein: Schalenwand.

Der verengte,
eingeschränkte,
hasenseits aufs Ei gelenkte
Blick ist für die nahe Sicht
klärend, doch fürs Weite nicht.

Sonst wohl sähe
er die Fähe,
sprich: die Füchsin, bei der Schlehe,

die dort kauert, tief geduckt
und zum Hasen rüberguckt.

Fuchsbesprungen,
zahndurchdrungen
und als Futter für die Jungen
segnet Meister Lampe trist
kurz darauf, was zeitlich ist.

Meute winselt,
Blut gerinnselt.
Hase, du hast ausgepinselt.
Unvollendet bleibt dein Werk
dort im Tale, hinterm Berg.

Doch man spendet
kunstverblendet
Beifall dem, was just vollendet,
wenn ein Meister Abschied nimmt
und sein Lampenlicht verglimmt.

Mit der Nase
tief im Grase
staunt man somit, was der Hase
hier der Nachwelt hinterlässt
und beschreibt nun mit Emphase
das Relikt der Schaffensphase
als den Stil der »Kunst am Nest«.

Frühlingsgedanken

Erster Gedanke

Das Lämmchen dort im Gras zu seh'n,
ist wunderschön.
Doch wär's um vieles schöner ...
im Döner.

Zweiter Gedanke

Ich seh so gern dem Kälbchen zu
mit seinen Puschelöhrchen.
Noch lieber seh ich's im Ragout
mit Erbsen und mit Möhrchen.

Kuckuck

Kuckuck macht Kuckuck
und schreit's aus dem Wald.
Kuckuck und Kuckuck,
solang bis es knallt,
Kuckuck hat Ruckzuck
'ne Kugel im Bauch.
Kuckuck, ach Kuckuck,
was schreiste denn auch?!

Jäger hat Kuckuck
'ne Ladung verpasst:
Kuckuck macht Zuckzuck,
fällt rücklings vom Ast.
Kuckuck, ach Kuckuck,
treibt dümpelnd im See.
Kuckuck macht Gluckgluck
und sagt uns: »Adé!«

Symbolisch

Eine wenig eindrucksvolle,
nicht so tolle Nordseescholle,
die ist meist auf mannigfache
Weise eine ziemlich Flache.

liebestaumeln / liebesbaumeln

Die Liebe

Hab sie erlebt
und auch verloren.
Ich hab getanzt,
bis die Musik verklang.
Sie starb in dem Moment,
als sie geboren,
als sie sich auf
zu höchsten Höhen schwang.
Ich trank den Kelch
bis hin zur bitt'ren Neige,
wohl weil der Wein
so süß wie nie zuvor.
Und wenn ich ab und an
mit einem Lächeln
von ihr schweige,
dann, weil ich mehr gewann
als ich verlor.

Ohnegleichen

Die Liebe ist nur eins und eins,
ein Wort, mehr nicht, das zwei sich sagen.
Und manchmal lohnt es sich gewiss,
des Wortes Sinn zu hinterfragen.

Der eine sagt: Ich liebe dich,
jedoch nur so, wie ich dich sehe.
Ein zweiter sagt: Ich lieb dich auch.
Nur sei schön treu, weil ich sonst gehe.

Der dritte sagt: Ich hab dich lieb
und ohne dich kann ich nicht leben.
Der vierte fragt nur: Liebst du mich?
Was so viel heißt wie: An dir kleben.

Was immer auch die Liebe ist,
sie wird sich nie bei Zweien gleichen.
Doch schafft sie's oftmals irgendwie,
in uns den Gleichklang zu erreichen.

Entschlossen unentschlossen

Will dich, will ihn, will beide! Und?
An deinen und an seinen Lippen
hängt immerzu mein Zuckermund,
sehnt sich zum And'ren immerfort,
bin ich beim Einen, fehlt mir dort
der Andere. An jedem Ort
bleibt meine Sehnsucht ungestillt.
Wenn doch ihr beide sie erfüllt,
dann will ich euch auch lieben dürfen,
an einer großen Quelle schlürfen,
gespeist von dem, was ihr mir seid.
Ich will euch beide jederzeit
und nah und ohne Qual der Wahl!
Jaja, ich weiß, ich spinn total,
weiß aber auch, dass ich euch liebe.
Worauf ich mein totales Spinnen
in diesem Falle gerne schiebe!

Affekt

Ich fragte Liz am Weizenfeld,
was sie von meinen Reizen hält,
worauf sie laut und herzlich lachte
und sich den Tag recht schmerzlich machte,
weil sie nach meinem Spatenschlag
ganz plötzlich in den Saaten lag.

Hermine oder Wer zuletzt lacht

Eines Morgens steht Hermine
sinnend vor der Glasvitrine
und betrachtet starren Blickes
jenen Ausdruck tiefen Glückes,
den die Zeit auf ihren alten
Hochzeitsfotos festgehalten
hat, um wohl zu illustrieren:
Jedes Glück kann man verlieren.

Lange schon befand Hermine
diese Ehe als Routine,
und dass Heinz ihr Göttergatte
längst nichts mehr von Göttern hatte,
war im Ganzen und im Großen
ihr am meisten aufgestoßen:
Der Adonis, den sie mal
liebte, war nun dick und kahl.

Doch die Ehe als Versprechen
darf man ja nicht leichthin brechen,
denkt Hermine und sie grübelt.
Doch was Gott uns nicht verübelt,
ist, dass man nur so lang leidet,
bis der Tod die Ehe scheidet.
Will man also nichts verlieren,
muss man eben dies forcieren.

In den Scheiben der Vitrine
spiegelt sich die gute Miene,
die sie macht zum bösen Spiele.
Heinz kommt eben durch die Diele,
schlecht gelaunt, wie jeden Morgen,
um sich Kaffee zu besorgen
und dann dort am Küchentresen
seine Zeitung durchzulesen.

Und da hockt er.
So verbockt er
seine Chance zu überleben,
denn Hermine greift mal eben
nach dem alten Küchenmesser
(keins der Messer schnibbelt besser)
und rammt Heinz die scharfe Schneide
rücklings in die Eingeweide.

Schreck und Schmerzen währ'n nicht lange.
Wie ein Hühnchen von der Stange
fällt der Heinz vom Küchenhocker,
doch Hermine lässt nicht locker.
und mit ein/zwei weit'ren Stichen
ist ihr Heinz im Nu verblichen,
nicht zuletzt, weil der Versehrte
einfach zu viel Blut entbehrte.

Wie ein Bächlein über Wiesen
rinnt es über Marmorfliesen,
hin und her und ganz beschwingt,
doch Hermines Putzinstinkt

lässt sie flugs den Feudel schwingen,
wischen, waschen und dann wringen,
bis die Kacheln sauber sind,
noch bevor das Blut gerinnt.

Und Hermine denkt: Da putz ich
wieder mal, was Heinz mir schmutzig
machte. So war's all die Jahre.
Doch ab heut, mein Schatz, erspare
ich mir dich als Ehegatten.
Über blanke Marmorplatten
schleppt sie Heinzens blasse Masse
mit Hauruck auf die Terrasse.

Noch an diesem frühen Morgen
will Hermine ihn entsorgen
und ihr Blick fällt mit der Sonne
auf die grüne Biotonne.
Schließlich zahlt man Müllgebühren.
Soll'n sie Heinz doch kompostieren,
auf dass Staub zum Staube werde
und ihr Heinz zu Humus-Erde!

Doch wie soll'n die Körpermassen
in die kleine Tonne passen?
Nur in mehreren Etappen
würde das im Grunde klappen,
und das hieße nun mal ihren
Gatten passend zu tranchieren.
Zeitversetzt und stückeweise
ging's dann auf die letzte Reise.

Doch das hieß auch ihren kalten
Heinz noch länger frisch zu halten,
sprich: Vor seiner ew'gen Ruhe
käm er in die Tiefkühltruhe,
Zwischenstopp im Frostgemüse
auf dem Weg zum Paradiese,
und das will Hermines Magen
grad nicht sonderlich behagen.

Also schaut sie dort im Garten
weiter nach Entsorgungsarten
und entdeckt für Heinzens Leiche
jene beiden Goldfischteiche,
die er sich als Hobby gönnte.
Ob man ihn versenken könnte?
Seinen Fischen und den Schnecken
würde Heinz doch sicher schmecken.

Angewidert starrt Hermine
via Schilf ins Submarine
und dann schiebt sie kurzentschlossen
ihren alten Weggenossen
durch das Röhricht und die Binsen
mitten in die Wasserlinsen
und macht eifrig Winke-Winke,
auf dass Heinz im Teich versinke.

Doch bei Heinz, dem Korpulenten,
ist es so wie bei den Enten:
Kaum ist er ins Nass geschoben,
drängt der Auftrieb ihn nach oben.

Sehr zum Ärger von Hermine.
»Du sollst brennen im Kamine«,
schreit sie und von Teiches Quelle
schleppt sie Heinz zur Feuerstelle.

»Soll dein Schicksal sich erfüllen,
da, wo sonst die Würstchen grillen«,
zischt Hermine und sie zündelt
an dem Holz, das sie gebündelt
unter ihren Heinz geschoben.
Dieser liegt nun Rauch umwoben,
mitten im Kamingemäuer
über Frauchens Fegefeuer.

Doch so sehr auch Funken sprühen
und die Flammen sich bemühen,
Heinz, der will partout nicht brennen.
Gründe sind wie folgt zu nennen:
Einmal ist er nach dem Morden
dort im Teiche feucht geworden
und »was feucht ist, brennt nur selten«
soll ja auch für Gatten gelten.

Dann und dessen ungeachtet
ist der Ofen überfrachtet.
Heinz verstopft mit jeder Pore
im Kamin die Abzugsrohre
und berührt nebst Ofenwänden
auch Hermines Nervenenden,
die nun immer blanker liegen,
quasi in den letzten Zügen.

Um nicht vollends auszuklinken,
muss Hermine erst mal trinken.
Nur ein Schnäpschen, dann ein zweiter
und ein dritter und so weiter,
lassen den Gedanken reifen
nunmehr zum Benzin zu greifen,
dieses über Heinz zu gießen
und sein Schicksal zu beschließen.

Doch es wird noch mehr beschlossen.
Kaum ist das Benzin vergossen,
explodier'n die leichten Gase
ruckzuck vor Hermines Nase,
machen »Puff« und auf die Schnelle
trägt sie eine Dauerwelle:
Lauter kleine Knusperlocken!
Und Hermine ist erschrocken.

Während noch die Haare dampfen,
scheint ihr Herz sich zu verkrampfen,
denn sie fällt wie umgeblasen
plötzlich rücklings auf den Rasen.
In den saftig grünen Halmen
sieht man sie noch etwas qualmen,
hört noch, wie sie einmal hustet,
und ihr Licht ist ausgepustet.

Also merke: Nervt dein Gatte,
weil er früher mal was hatte,
was er heute nicht mehr hat.
Mach ihn nicht hysterisch platt.

Trenne dich nach vielen Jahren
niemals im Hauruckverfahren,
denn mit Sorgfalt umgebracht
hat, wer auch zuletzt noch lacht.

Namenlos

Dort oben auf dem Mäuerchen,
da machten sie ein Bäuerchen,
die Bäu'rin und der Bauer.
Und just, als es geboren war,
da nannten sie es Waldemar.

Auch der saß auf dem Mäuerchen
und machte öfter Bäuerchen.
Doch gingen sie und kamen
und blieben ohne Namen.

Lieb-Los

Was wir mit Perfektsein auch immer bezwecken,
und sei's drum, uns endlich mal sicher zu wiegen,
heißt ständig die Hände auf Brechen und Biegen,
doch meist auch vergeblich, gen Himmel zu strecken.

Perfekt sein heißt schön sein. Ein Grund, uns zu lieben,
so hoffen wir eisern bei all uns'rem Streben,
Doch meist ist in strebsamen, rastlosen Leben
die Liebe perfekt auf der Strecke geblieben.

Die Liebe, sie will sich nur einfach verschwenden.
Sie gibt keine Antwort und stellt keine Fragen,
doch schafft sie, uns Menschen an Orte zu tragen,
die wir, wenn's perfekt wär, im Leben nicht fänden.

Sehnsucht in vier Jahreszeiten

Wohlan, du schöner Herzensbrecher,
lass um mich her Narzissen sprießen,
die sich in letzten Winternächten
durch frostgekühlte Erde mühten.
Ach mag sich doch in Frühlingslaune
ein Liebster für mein Herz entflammen,
verzaubert von Narzissenblüten.

Wohlan, du schöner Herzensbrecher,
du weißt um all mein stilles Sehnen,
das sich in heißen Sommernächten
durch meine leeren Kissen windet.
Ach mögen milde Sommer-Winde
mir einen Liebsten näher tragen,
der mich in Betteswelten findet.

Wohlan, du schöner Herzensbrecher,
pflück mir mit deinen Sturmesfingern
so lang die Blätter von den Bäumen,
bis ganze Wolken mich umschwirren.
Ach möge doch alsbald ein Liebster
mit mir das bunte Laub durchtanzen
und mich mit Leichtigkeit verwirren.

Wohlan, du schöner Herzensbrecher,
küss mir die Tränen von den Wangen,
die mir in langen Winternächten,
vor Kälte auf der Haut erstarren.
Ach mögen doch die Winterblumen,
die eisgemalt am Fenster blühen,
mit mir der Lieb des Liebsten harren.

Liebesprodukt

Ein Apfel liebte eine Sine
voll Leidenschaft und voller Wucht.
Daraus kreierte dann die Biene
bestäubend eine Zitrusfrucht.

Ohne dich

Sitz da und schau leise
auf die Zeit zurück.
War auf schöne Weise
warm, dies Wegesstück.

Muss mich dran gewöhnen
an die Leere hier
und auch an mein Sehnen
nach vergang'nem Wir.

Werde mich wohl fangen,
weil das Leben winkt
und weil, was wir sangen,
mir im Herzen klingt.

Schlafeslächeln

Dein Atem ist nah und so warm und ganz leise.
Da liegst du und schlummerst, bist längst schon
auf Reise
ins Traumland, ins ferne, auf federnen Wogen
nach irgendwo – über dem Regenbogen
und schenkst mir von dort her ein Schlafeslächeln.
Du lässt meine Haut von verzauberten Welten
im Ein und Aus deines Atmens befächeln
und seufzt vor Entzücken.

Für all das und mehr noch, mein reisender Engel,
könnt ich dich jetzt grad mal ganz hemmungslos
drücken
und lass es doch lieber. Du sollst ja noch träumen
und bloß nicht den Griff in die Sterne versäumen.

Drum will ich nur liegen und schauen und lauschen
und möchte den Platz hier mit niemandem tauschen.

Schlussstrich

Ich hab dir tausendmal gesagt, dass ich dich liebe.
Genauso oft hab ich gehofft, dass das auch stimmt,
dass mir der Zweifel, der mal schwer, mal leichter brannte,
die Leichtigkeit des Augenblicks nicht nimmt!

Die kleinen Eigenheiten, die ich an dir mochte,
sind eben die, die ich seit langem nicht mehr mag.
Da klammert Zweifel sich verbissen an Momente,
in denen all dein Zauber für mich lag.

Ich frag nach Schwüren deiner Liebe alle Tage,
die meine eig'ne Leere tief im Innern füllt.
Bemal die Sehnsucht mit den Farben deiner Worte,
was meinen Hunger nur für Augenblicke stillt.

Und irgendwann erwach ich still an deiner Seite,
find selbst in deinen Worten keine Hoffnung mehr.
Dann fühl ich, was ich lang schon fühlen sollte,
dann fühl ich mich unendlich müd und leer.

Verzögerung

Zwischen Tulpen und Narzissen
würde ich dich gerne küssen,
weil nun aber Winter ist,
bleibst du erst mal ungeküsst.

Bis im Lenz die Säfte fließen,
bis die Tulpenzwiebeln sprießen
und die Osterglocken treiben,
kannst du mir gestohlen bleiben.

Hin und weg

Zauberhaft, dein Lächeln flattert
wie ein scheuer Schmetterling
zwischen abendroten Blüten
hin und her und her und hin.
Um die Augen, um die Lippen
spielt das Zittern leichter Flügel,
löst sich tanzend in die Lüfte.
Eingelullt in Abend-Düfte
merk ich, wie verknallt ich bin!

Raumgefühl

Denk ich an dich,
so ist's ein Raum voll bunter froher Bilder.
Dein Lachen wärmt mich im Verweilen,
es schwingt – audio mobile –
vom Stuck herab in seid'nen Fäden
und klingt in meinen Ohren.

Noch jedes deiner lieben Worte,
in wachen Nächten zugeraunt,
steht farbenfroh
auf sonnengelb bemalten Wänden,
vermerkt von meinen Händen,
geführt von deiner Stimme,
die mich in Raumes Mitte,
getragen von Erinn'rung,
noch immer so berührt.

Hier sitz ich gern,
der Himmel über mir:
Dein Augenblau
getupft an meine Zimmerdecke.
Darunter ich
in weichen Sesselpolstern,
die mich, wie du, umarmen,
tragen.
Und um mich her
die Bilder, deine Worte und dein Lachen,

die mir noch so am Herzen liegen
wie sie lagen ...
bevor der Himmel dich
zum Engel küsste.

Herzweh

Ich könnt dir grad mal rechts und links
und reiß mich doch zusammen.
Ich würd dir gern mein Kniegelenk
dahin, wo's weh tut, rammen.
Ich möchte schrei'n vor lauter Wut
und dich zu schlagen, tät mir gut.

Ich mach es nicht. Mein Herz zerbricht
ganz leise, ohne Wüten.
Davor, dass du mich leiden siehst,
da werde ich mich hüten.

Die Tränen, die ich still vergieß,
die geh'n dich schließlich nichts mehr an.
Ich spür ja auch genau, ich kann
dich niemals mehr erwärmen.

Vorbei ist all dein Schwärmen
für mich, für uns. Ich spür's genau:
Du hast längst aufgegeben.
Du sagst, dass du für immer gehst
und wehst aus meinem Leben,
wie Laub, das sich von Ästen löst,
das nach und nach den Baum entblößt,
so flieht mich deine Liebe
und macht mich leer. Ich bitt dich sehr,

zu geh'n. Ich wär jetzt gern allein.
Das werd ich ja auch künftig sein
und mich daran gewöhnen.
Und irgendwann, dann werd ich mich
auch nicht mehr nach dir sehnen.

Ende einer Liebesnacht

Ne, was haben wir gelacht
in der trunk'nen Abendstunde
und wie haben wir's gemacht,
immer wieder eine Runde.

Zwischendurch mal Schampus kippen,
so als Kühlung für die Lippen
und dann wieder in die Kissen,
wollten's immer wieder wissen –
bis mein Kreislauf sich beklagte
und sich unten nichts mehr regte,
bis »er« also jäh versagte
und sich schlicht zur Ruhe legte.

Warum hast du da gelacht
und den blöden Witz gebracht?
Warum konntest du nicht lassen,
was wir Männer nun mal hassen?

Nun lieg ich bei dir im Bette
rauch die Nachher-Zigarette,
bin noch immer echauffiert,
du mit Nylons stranguliert.
Tja, nun hat sich's ausgelacht:
Ende einer Liebesnacht.

Hingerissen

Ich küss dich überall
und nirgendwo,
küss deinen Bauch
und deinen Po.
Ich würd gern wie ein Köter
nach dir fassen
und mag so gar nicht
von dir lassen.
Du hast in einer Nacht
mein Herz gestohlen.
Lauf ja nicht weg!
Ich geh nur Kaffee holen.

In Frühlingslaune

Der Himmel leuchtet frühlingsblau.
Ich bin vergnügt. Die Luft ist lau.
Spazieren geh ich, nein, ich schwebe
und spür im Tiefsten, dass ich lebe.

Ich seh ein Lächeln, lichtverschwommen,
ich seh es langsam näher kommen.
Ich sehe grüne Augen blitzen,
die mittendrin im Lächeln sitzen.
Ein Blick, der meinen sucht und findet,
der uns für Augenblicke bindet.

Sie geht vorbei und schaut mich an.
Ich bin verzaubert, ja und dann
dreh ich mich um. Sie dreht sich um.
Wir lächeln beide, bleiben stumm.
Und wieder löst sich unser Blick.
Wir gehen weiter, nur ein Stück,
nur ein paar unentschloss'ne Schritte.
Dann steht sie auf der Straßenmitte
und dreht sich nochmal um und lacht.
Ich tu es auch und lach. Es kracht!

Ein Bus! Sie hat ihn übersehen.
Beim Lächeln und beim Weitergehen
hat der Verkehr sie überrascht
und dann sekundenschnell vernascht.

Noch während sie am Kühler klebt
und langsam meinem Blick entschwebt,
dreh ich mich um, geh fröhlich weiter.
Der Frühling stimmt mich immer heiter,
denn seine ganz besond're Würze
liegt ja im Flirt – und dessen Kürze.

Wenn ...

Das erste Mal, wenn's denn passiert,
wird mich in alle Himmel heben,
wenn mich nur einer erst berührt,
wird wohl mein Innerstes erbeben.
Wenn's denn passiert,
läuft's wie geschmiert,
doch will's mir nicht passieren.
Will mich auf dieser ganzen Welt
denn keine Sau verführen?

Bittgesang

Hol uns Tod, bewahr die Liebe,
die wir füreinander tragen,
nimm uns jetzt und miteinander,
nimm den Schmerz, den du bescherst,
wenn du Leben Liebender
nicht zur gleichen Stund begehrst.

Hol uns Tod, so lang wir lieben,
uns're Herzen glücklich schlagen,
nimm uns jetzt und miteinander,
nimm mein Herz und nimm das seine,
schenk uns gnädig nur das Eine:
Arm in Arm und liebend sterben.

Kein Zweifel

Kein Zweifel, dass in dieser Nacht
der Gute Mond am Himmel steht,
dass selbst nach einem schwülen Tag
doch irgendwann ein Lüftchen weht.

Kein Zweifel, dass der Frühling bald
den Wald mit zartem Grün umflort,
dass g'rade, wenn du schlafen willst,
der Nachbar in den Wänden bohrt.

Kein Zweifel, dass nach all der Zeit
du mir noch immer alles bist.
Kein Zweifel – und wenn's einen gab,
dann haben wir ihn weg geküsst.

Stille Anbetung

Ich riech dich gern,
so wie die Luft
nach einem Frühlingsregen,
genieß dein Lachen
wie den Meisenruf
am ersten milden Tag.
Ich atme dich
wie frischen Wind
auf Brückenstegen,
wobei ich dir von alledem
(du machst mich so verlegen)
kein Sterbenswörtchen sag.

Rastlos

Wenn ich manchmal seh,
wie dein Lachen
in Gedanken ersäuft,
wenn dein Leben
so rastlos läuft,
dich immer weiter treibt,
und keine Ruhe bleibt
für dich,
tut's mir weh!
Wenn du stehst
und dich umschaust,
an Wasserstellen,
dich kaum zu trinken traust
wie Gazellen,
weil – es könnte ja ...,
es müsste doch ...!
»Drum sei auf dem Sprung
und üb dich in Eile.
Verweile nur selten
und wenn, dann sei wachsam«,
so hör ich dich flüstern
mit bebenden Nüstern.

Und drinnen brennt Sehnsucht,
mal stehen zu bleiben,
die Zeit zu vertreiben –
am Meer zum Beispiel,

wo Unrast ertrinkt,
mit der Sonne versinkt
im Abendrot.

Einfach mal runterschalten
und innehalten,
das wünsche ich dir –
mit ‘nem Gedicht.

Aber so einfach
geht’s wohl nicht.

Stilles Hoffen

Federzart
sind deine Hände,
gleiten
wie vom Wind bewegt,
brechen alle Widerstände,
die mein Herz
mir auferlegt.
Über längst
ergraute Wände
tanzt ein
warmes Sonnenlicht.
So als ob ich Liebe fände,
und mein Herz
nie mehr zerbricht.

Blaugeschlagen

Blaugeschlagen weint sie leise,
hört ihn Liebedinge sagen
weit von oben, hin zu Boden,
wo sie kauert, hingetreten,
schwachgemacht für seine Stärke,
die den Widerspruch belauert
und zerschlägt in blaue Farben.

Die Schaukel

Sie hängt am Seil vom Baum herab
und baumelt still im Winde,
berührt bei jedem Vor, Zurück
die raue Eichenrinde.

Noch hat kein Kind sie dort entdeckt
an diesem kühlen Morgen.
Ein weicher Nebelschleier hält
das Eichenrund verborgen.
Noch sind die zarten Äste klamm,
die sich im Rhythmus wiegen,
wenn Kinder träumen und mit Schwung
bis in die Wolken fliegen.

Drum hängt sie dort am Eichenbaum.
Charlotte hängt daneben.
»Wie diese Schaukel mag der Wind
mich in die Wolken heben«,
so flehte sie in mancher Nacht,
weil all die Sehnsucht drängte,
bis sie sich dann am Schaukelast
im Eichenbaum erhängte.

Wo man noch Kinderlachen ahnt,
da baumelt sie im Winde,
berührt bei jedem Vor, Zurück
die raue Eichenrinde.

Kurz und schmerzlos

Will dich sieben Tage lieben,
Stund um Stunde, nimmersatt,
nur von dir und mir getrieben,
bis mein Herz dich innehat.

Will dich sieben Tage lieben,
so, als wär's ein Leben lang,
frei von allen Liebesdieben,
frei von allem Trug und Zwang.

Will dich sieben Tage lieben
und am achten dann verlier'n,
will den Abschied mit dir üben
und den Schmerz desselben spür'n.

Will dich sieben Tage lieben.
Noch bevor die Angst gewinnt,
sorge ich am Tage sieben,
dass Gewonnenes zerrinnt.

Lieb mich

Lieb mich, wenn der Tag beginnt,
lieb mich auch, wenn er verrinnt.
Lieb mich frei und auch gefangen,
lieb mich mutig, lieb mein Bangen.
Lieb mich nah und lieb mich fern.
Und wenn nicht: Dann hab mich gern.

Und überhaupt

Ich hab mal kalt, mal hab ich warm,
ich hab ‘n schlanken Oberarm.
Ich habe Loch um Loch im Sieb
und überhaupt hab ich dich lieb.

Küssen ...

... wie fliegende Vögel.
Wortloses Wissen,
wohin.
Taumelnder Gleichklang
sich zärtlich berührender Schwingen.
Im Auf und im Ab
und im Nebeneinander
sind wir,
bist du und ich bin,
einen Kuss lang
wie schwärmende Vögel,
die sich wie im Fluge verlieben,
von Winden,
von Sehnsucht getrieben:
Dahin!

Küssen Zwei

Küss mich,
wo du gehst und stehst.
Du wehst
mir wie ein Sommerwind,
du spielst mir
wie ein kleines Kind
durch meine Nächte,
meine Tage.
Du bist die Wolke,
die ich jage,
die mit mir tanzt
so, wie das Lachen
in deinen schönen Augen tanzt,
wenn wir uns Tage lang
im Arme liegen
und uns im Tanze wiegen
wie in den Schlaf,
in dessen Traumes-Weite
ich so viel sanfter gleite
mit dir
in meinem Arm.
So warm.

Stilles Wasser

In der U-Bahn, grau und bieder,
sitzt er still beim Zeitung lesen.
Gegenüber: »Die schon wieder«,
grinsen seine kleinen Augen
hinter seiner dicken Brille.
»Na, du kleines, geiles Luder«,
tönt er lüstern in Gedanken.
»Bist doch eine von der Sorte,
die's mir gleich auf Knien danken.«
Und mit jedem seiner Worte
zuckt der Mund ein bisschen mit,
spiel'n sich flinke feiste Finger
unbemerkt im Hosen-Schritt.
»Komm! Ich mach's dir auf die Schnelle.«
Schweiß perlt feucht aus seinen Haaren:
»Bis zur nächsten Haltestelle,
während wir noch U-Bahn fahren!«
Schließt die Augen, sieht sie liegen
zwischen langen Sitzbankreihen,
hört sie laut und lustvoll schreien.
»Hat's dir auch so gut gefallen«,
will er sie grad lässig fragen,
doch sie ist längst ausgestiegen,
hat ihn einfach sitzen lassen.
Zwischen grauen Tunnelwänden,
die an ihm vorüber jagen,

denkt er müde an zu Hause
wie bei allen U-Bahn-Fahrten,
denn da wird auch heute wieder
nichts und niemand auf ihn warten.

Chat-Mania

Hinter nicks versteckte Seelen,
pics, die meistens nix erzählen,
geilgemalt mit knappen Sätzen:
Titten, Arsch und Schwänze.
Glattpoliert das Saalparkett
für anonyme Tänze.
Mausdevot mit Klausversaut
beim Walzertakt in Kürzeln,
grins und lach mit zig mal sechs ...
hochgetrimmten Pürzeln.
Aufgepeppte Eitelkeiten,
keine Zeit für Zärtlichkeiten,
keine Zeit für Träume,
vollgestopft mit nicks und pics
doch so leere Räume.

Träumen lassen

Dein Blick geht geradewegs
an mir vorbei.
Erinn'rung hat dich eingelullt,
du Träumerin in alten Tagen,
du Lächelnde im Abendlicht.
»Geht's dir grad gut«,
will ich dich leise fragen
und tu es nicht.

Es ist so still geworden

Die Astern blühen grad so schön
in deinem Bauerngarten
und auf dem Tisch liegt immer noch
dein aufgeschlag'nes Buch.
Es ist, als wollten alle noch
ein bisschen auf dich warten,
als kämst du noch ein letztes Mal
nach Hause – zu Besuch.

Dabei warst du doch längst schon da
und hast nach uns gesehen.
Dabei hast du mit deiner Hand
uns längst schon lieb berührt.
Vielleicht warst du der frische Wind,
in dem die Blätter wehen,
und irgendwie, ich weiß nicht wie,
hab ich dich auch gespürt.

Nun wart ich auf den nächsten Sturm,
der kommen wird, von Norden.
Ich sitz auf deiner Gartenbank
und seh die Wolken zieh'n.
Das Leben ist hier ohne dich
mit mal so still geworden,
doch seh ich auch vorm Himmelgrau
die blauen Astern blüh'n.

Ent-Täuschung

Es war August, als die Auguste
dem August endlich beichten musste,
dass sie zwar guter Hoffnung sei,
doch nicht von ihm und nicht seit Mai.
Sie sei's vielmehr, mal Hand auf's Herz,
von jemand And'rem und seit März.

Einmal ist keinmal

Küss mich nur einmal,
denn einmal ist keinmal,
und keinmal zu küssen,
wer will das schon wissen.

Wer einmal belogen,
hat keinmal betrogen.
Drum küss mich und lieb mich,
na komm schon, vergiss dich.
Vergiss dich nur einmal,
denn einmal ist keinmal.

Ersatzbefriedigung

So mancher Frosch, den du geküsst,
der dann kein Prinz geworden ist,
war immerhin für das Gefühl
betörend durch sein Zungenspiel.

Teatime

Bezaubernd
wie dein Augenblau
sich im Erstaunen glänzend weitet,
wie über deiner Lippen Rot
die Zunge sanft und suchend gleitet
bis in die Winkel deines Mundes,
wo kleine Bläschen blubbernd schäumen,
und eben scheint dein zarter Leib
sich lustvoll zitternd aufzubäumen.

Bezaubernd
ist dein zarter Teint,
der nun von so erhab'ner Blässe,
dass ich, was wieder mal geschah,
im Augenblick schon fast vergesse.
Doch »fast« ist leider nicht in Gänze.
Ich seh noch deine Liebestänze
an Hans gepresst
beim Sommerfest
und dann zum Schluss
den langen Kuss.

Bezaubernd
war dein Atemzug,
dein letzter, den du eben machtest,
weil du bei meinem bitt'ren Tee
nur an »zu lang gezogen« dachtest
und nicht daran, dass manche Liebe,

speziell die häufig strapazierte,
bei vollem Maß zu gerne endet,
und eben das war's, was mich rührte
als ich ihn rührte,
deinen Tee.

Genau wie dich
ließ ich ihn zieh'n,
und was da bitter,
war Strychnin.

Wortlos

Ich küss dich still.
Du weißt, ich will
nichts sagen.

Es gibt auch keine Fragen,
die ich dir stellen mag.
Ich trag
dich wortlos.
Nur Berühren
soll dich zu mir, soll mich zu dir,
soll eins zum andern führen.

Scheidungswunsch

So manche wünscht, dass Rattengift
bisweilen auch den Gatten trifft.

Zaghaft

Ich schaue nur und schweige,
damit kein Wort verwirrt
und ich dir ja nicht zeige,
was mir im Innern schwirrt.

Als ob ich leishals riefe,
und bliebe ungehört,
kein Laut aus tiefster Tiefe,
der nichts hinaufbeschwört.

Ein Sehnen aus der Ferne,
das nicht zu nahe tritt.
Und doch ... hab ich dich gerne.
Machst du den ersten Schritt?

lebenslustig / lebenslastig

Bolero

In der Halle wird es leise.
Hin drapiert auf kühlem Eise
wartet Tanzpaar Müller-Schöne
auf Boleros erste Töne.

Leicht bekleidet, fast spartanisch,
wirken beide schon recht spanisch.
Er, geschmückt mit einer Rose,
viel zu knapper Kniebundhose,
steht, wie passend zum Bolero,
auf dem Eis wie ein Torero.

Lisa Schöne, taftumflossen,
liegt am Boden hingegossen,
so als müsste sie was büßen,
über Dieter Müllers Füßen
und umklammert zudem seine
glatt rasierten Wadenbeine.

Das wirkt alles sehr dramatisch,
wenn auch jetzt noch eher statisch.
Doch Boleros erste Regung
bringt die beiden in Bewegung.
Langsam, wie vom Takt geboten,
folgen sie den ersten Noten.

Schöne greift nach Müllers Händen,
um die Pose zu beenden.
Der hebt sie mit einem Male
aufwärts in die Vertikale,
wo er sie im Arme dreht,
bis sie auf den Kufen steht.

Schon geht's weiter. Beide gleiten
in die Eislaufhallen-Weiten.
Schöne, noch vom Dreh'n benommen,
sieht das leider nur verschwommen
und verpasst, so kann's dann gehen,
vor der Bande abzudrehen.

Also kracht sie, das ist schade,
erstmal in die Ballustrade,
lächelnd, wie sie's einstudierte,
was nun aber dazu führte,
dass die Zähne, all die weißen,
sich im Bandenholz verbeißen.

Und da steckt sie fest und zittert,
worauf Müller zu ihr schlittert,
sie an ihrer Hüfte packt
und dann im Bolero-Takt
mit Hauruck, du liebe Zeit,
Stück für Stück vom Holz befreit.

Kurz darauf, mit leichtem Wanken
löst sich Schöne aus den Planken,
fängt sich, lächelt. Eine Lücke
prangt im Perlweiß ihrer Brücke.
Doch die Punkterichter lauern.
Keine Zeit, sich zu bedauern.

Also schlittern Müller-Schöne
weiter durch die kühle Szene.
Arm in Arm und angeschlagen
wollen sie nun alles wagen.
Und so dreh'n sie Pirouetten,
um die Eislauf-Kür zu retten.

Beide wirbeln flott im Kreise,
doch sie wirbeln dummerweise
viel zu schnell, und so verlieren
sie den Rhythmus beim Rotieren
und dann vollends die Kontrolle
auf der spiegelglatten Scholle.

Wo nun fliehend Kräfte jagen,
taumeln beide und sie schlagen
sich vor Augen der Juroren
ihre Arme um die Ohren,
heftig klatschend und man denkt so:
Hört sich an wie ein Flamenco.

Also klatschen plötzlich alle.
Jeder in der Eislaufhalle
glaubt, dass diese Pirouetten
ein gewolltes Ende hätten,
einstudiert im besten Sinne.
Müller-Schöne halten inne.

Beide stell'n sich kurz in Pose.
Schönes Brücke hängt jetzt lose,
Müllers Rose ist entblättert
und sein Nasenbein zerschmettert.
Wenn auch beide etwas bluten,
müssen sie sich weiter sputen.

Gleich soll Schöne leichthin schweben,
das heißt: Müller wird sie heben,
über seinem Kopfe halten,
sie danach zusammenfalten,
zwischen seine Beine klemmen
und dann nochmal aufwärts stemmen.

Alles klappt, ein echter Knüller,
taftumflattert trägt der Müller
Lisa Schöne an der Hüfte
wie ein Engel durch die Lüfte.
Die verliert, oh Fahrtwinds Tücke,
nun den letzten Rest der Brücke.

Doch sie lächelt tapfer weiter.
Müller macht die Räuberleiter,
Schöne fällt, wird aufgefangen,
rollt sich ein, wird abgehangen
zwischen Dieter Müllers Schenkeln
... und verhakt sich in den Senkeln.

Und da klebt sie, Müller hebt sie,
aber blöderweise schwebt sie
diesmal nicht, sie bleibt ja pappen.
Müller denkt, das muss doch klappen,
reißt und zerrt an ihren Beinen
und in Folge auch an seinen.

So verliert er Halt und Boden
und versucht noch der maroden
Tanzfigur Format zu geben.
Also lächelt er mal eben,
kurz bevor sie beide fallen
und aufs Eis der Halle prallen.

Gerade als Bolero endet,
liegen beide ausgeblendet,
fest verkeilt und sehr geplättet
in gefror'nes Nass gebettet.
Kein Applaus, die Menge schweigt.
Diese Kür scheint voll vergeigt.

Plötzlich aber brandet Jubel.
Selbst der letzte große Trubel
schien die Menge zu begeistern.
So was muss man erst mal meistern.
Wo beim Paartanz sieht man heuer
so viel Leidenschaft und Feuer.

Müller-Schöne, noch bedeppert,
weil erst grad aufs Eis gescheppert,
heben sich mit Müh und Not
wieder aufrecht, sprich: ins Lot
und verbeugen sich noch schwächelnd,
aber strahlend um sich lächelnd.

Ja, man weiß, beim Eiskunstlaufen
musst du eines: Dich verkaufen.
Ganz egal, was auch passiert,
lass es ausseh'n wie geschmiert,
und riskier ruhig ein paar Zähne.

Erster Preis für Müller-Schöne.

Mußestunde

Ich lieg auf meiner Lieblingswiese.
Ich puste Blumen, seh wie diese
vom Wind getragen leichthin schweben.
So fühle ich mich auch grad eben.
So leicht, so weich und sonnensatt
lieg ich im Grünen Gräser platt
und werd der Welt heut mal was husten.
Ich will nur wie ein Frühlingswind
in zarte Pusteblumen pusten
und sie in alle Winde streuen,
mich freuen,
wenn sie weithin wehen
und sich in alle Wiesen säen.
Mehr will ich nicht im Augenblick.
Mein ganzes Glück
liegt grad darin,
dass ich mir Pusteblumen pflück
und puste
und, vom Heu verschnupft,
der ganzen Welt was huste.

Endlich

So satt, wie ich, das Wiesengrün,
in dem ich frühling-schnuppernd liege.
Noch tiefer als das tiefe Gras
geh'n meine vollen Atemzüge.
Weit über mir im Apfelbaum
hör ich die drallen Hummeln brummeln,
seh Schmetterlingen lächelnd zu,
die sanft den Löwenzahn befummeln.
Ich schau den Anfang, rieche, lausche
und aale mich im Wonnewetter.
Ich denk noch an den letzten Schnee
beim Fallen weißer Blütenblätter,
doch ist das Gestern längst dahin,
fürs Heute werden Mücken schwärmen.
Und wieder mal scheint sich die Welt
für etwas Neues zu erwärmen.

Faust oder Fisch

Bei allen Fischgerichten trage
ich tief in mir die Grätchenfrage.

Im Fluss

Wie gut, dass uns're heile Welt
nur immer eine Weile hält,
bis sich im Fluss die Kreise schließen
und dann am Schluss ins Neue fließen.

Jahreszeiten

Der Herbst hat sich mit Hinterlist
verdrückt, weshalb nun Winter ist,
und eh du dich versehen hast,
friert jeder Baum sich einen Ast.

Märchenstunde meets Limerick

Rapunzel, nun älter an Jahren,
mit Mangel an längeren Haaren,
die lehnt oben ohne
weit überm Balkone
und übt sich in neuen Verfahren.

Komm Puttel, ach komm, ich vernasche
dich hier noch bevor ich dich wasche.
Du weißt doch, ich bin's:
Dein schmutziger Prinz.
Ich will dich in Sack und in Asche.

Der Robin, der Hood ist noch schneidig,
doch leider nicht mehr so geschmeidig.
So manch einen Ast
hat er schon verpasst.
Und Hood sagt: Darunter, da leid ich.

Parallelen

Die Stangenbohne windet sich
so manches Mal genau wie ich.
Ich tu ’s meist in Gedanken.
Sie tut es, um zu ranken.

Selber schuld

Wenn ich dich liegen seh
im Klee,
alle Viere von dir gestreckt,
weil eben verreckt,
nach allerlei Bienenstichen
verblichen,
dann denk ich mir so:
»Ooch, jo,
was fährt die Allergische
auch frühlings ins Bergische.«

Mitgenommen

Wenn ich dich kleben seh
am ICE
im Vorüberfahren
mit flatternden Haaren
und wehendem Rock
ganz vorn an der Lok,
dann denk ich mir so:
»Ooch, jo,
so geht man auf Reisen
beim Pinkeln auf Gleisen.«

Einsicht

Da thronst du nun,
du armer Tropf,
mit nacktem Arsch
auf deinem Topf
und ahnst im Stillen,
was du bist:
Ein Produzent
von zu viel Mist.

Trauma

Die gleichsam klein wie runde Magd,
die wurde jüngst vom Hund gejagt,
von einem großen Jagdhund.
Der biss auch prompt die Magd wund,
weshalb die kleine Magd, die runde,
wohl eben aus benagtem Grunde
zur Stunde sehr verzagt beklagt,
dass sie sich, weil das Wunde plagt,
nie mehr vor Hundeschlunde wagt.

Highfly

Höher flieg ich,
hoch und höher,
hin zur Sonne,
nah und näher.
Brennen will ich,
Federn lassen,
einmal
in die Gluten fassen
und dann fallen
mit dem Wissen:
Nichts hab ich
vermissen müssen.
Glücklich war ich,
nicht zufrieden,
selbst die Sonne
nicht gemieden.
Und nun fall ich
in die Meere,
was es dann
gewesen wäre,
und ersaufe.
Ach, ich kaufe
mir ein L,
ein L für Leben.
Wenn's das war,
ersauf ich eben.

Ein Sommertag und Luise

Auf der Wiese liegt Luise
in der warmen Sommerbrise.
Da wo sonst das Rindvieh weidet,
ruht die Gute unbekleidet,
um sich makellos zu bräunen.
Nur die Schwalben auf den Zäunen
seh'n sie nackt im Grase liegen.
Doch die Schwalben sind verschwiegen.

Auch der Stier war grade heute,
als er liegend wiederkäute,
sehr verschwiegen und verborgen
tief im Grase seit dem Morgen,
wo er leise schmatzend döste
als Luise sich entblößte,
die sich in die Sonne sehnte
und vermeintlich sicher wähnte.

Die Luise bräunt zur Stunde
nach wie vor im Wiesengrunde
nur von vorn und schon sehr lange.
Bei dem Anblick wird man bange,
denn was die Luise wollte,
was da brauner werden sollte,
ist nun rot und glüht im Grünen
zwischen Gräsern und Lupinen.

Doch Luise schlummert träge
und verpasst auf diesem Wege
einerseits das rote Glühen,
and'rerseits vorm Stier zu fliehen,
denn beim sich Erheben hatter
sie geseh'n in seinem Gatter.
Und man weiß ja nun von Stieren,
dass sie Rotes gern fixieren.

Währenddessen träumt Luise,
dass sich fern im Paradiese
sie und Adam heftig küssen.
Woher soll sie denn auch wissen,
dass der Stier sie schon beknabbert
und ihr Decolleté besabbert?
»Adam«, seufzt sie und so Sachen
und scheint langsam zu erwachen.

Kurz darauf hat die Luise
ihre erste Nervenkrise,
weil zwei große Kuh-Pupillen
ihr verengtes Blickfeld füllen.
Sie springt auf, der Busen wackelt,
und da wird nicht lang gefackelt,
denn der Groll im Bullen regt sich:
Das ist rot, und das bewegt sich.

Bullen-Hufe sieht man scharren
und Luise kurz verharren,
um dann schreiend loszustürmen.
Ja, sie weiß, sie muss jetzt türmen,
und wo böse Bullen weiden,
fehlt die Zeit, sich zu bekleiden.
Also springt und kreischt Luise
ohne Hemdchen durch die Wiese.

Hinterdrein stürmt volle Pulle
auch der aufgeregte Bulle,
schnaubt und brüllt. Luise zittert,
die im Laufen plötzlich schlittert.
Ausgerutscht auf einem Fladen
geht sie in den Nesseln baden
und verbrennt sich auf die Schnelle
auch den Rest der zarten Pelle.

Doch es wird nur kurz gezappelt.
Schon hat sie sich aufgerappelt,
denn, wenn auch die Nesseln brennen,
muss Luise weiterrennen ...
bis zum Wiesenrand. Sie taumelt
vorm Elektrozaun und baumelt
kurz im Draht, der tüchtig zwirbelt,
während sie hinüber wirbelt.

Doch Luise ist gerettet,
hätte sie jetzt mal gewettet,
weil ja Zäune vieles leisten,
gerade auch die stromgespeisten.
Tun sie auch, in diesem Sinne
hält der Stier vorm Zaune inne,
starrt gebannt, dann stürmt er weiter
und das stimmt Luise heiter.

Doch nur kurz, sie hört ein Brummen.
Zwischen ihren Beinen summen
plötzlich Wespen und die rächen
sich mit Stacheln, die da stechen,
weil Luise, die Gehetzte,
deren Lufthoheit verletzte
und die Wut der Viecher schürte,
als sie sich am Nest platzierte.

Wieder muss Luise laufen.
Keine Zeit, sich zu verschnaufen,
bis sie völlig abgerackert
und mit Stichen zugetackert
in den nahen Fischteich flüchtet,
wo ein Angler Hechte züchtet,
die im Algen-Dickicht kauern
und Luise schon belauern.

Woher soll's die Arme wissen?
Kurz darauf wird sie gebissen
in die Wade, ach wie schade,
und das war's dann mit dem Bade.
Kreischend schlägt sie in die Fluten
und Luise muss sich sputen,
schnell ans nahe Land zu schwimmen,
um das Ufer zu erklimmen.

Endlich oben angekommen,
wirkt die Gute erst benommen,
dann verliert sie die Besinnung.
Trotz erfolgter Landgewinnung
geht Luise in die Binsen
und mit leicht debilem Grinsen
kann sie unter Weidenbäumen
endlich mal in Frieden träumen.

Ja, da ruht sie, und sie lächelt,
wird vom Abendwind befächelt,
so, als wollte seine Brise
uns're schlafende Luise
während ihrer Träume wärmen.
Wer hört da schon Mücken schwärmen?
Wer spürt da, wenn eine sticht?
Die Luise sicher nicht.

Also sieht man all die Mücken
ihre Saugwerkzeuge zücken
und Luises Blut verkosten.
Schließlich bläst der Wind von Osten.
Er frischt auf. Luise friert
und wird prompt reanimiert.
Jetzt, wo sie die Winde wecken,
juckt's und brennt's an allen Ecken.

Weil zudem noch Mücken munkeln,
schleicht Luise sich im Dunkeln
eiligst heim, um sich zu hegen
und die wunde Haut zu pflegen.
Etwas Joghurt, Kaltkompressen
lassen sie schon bald vergessen,
was ihr nackt in der Natur
brenn- und stechend widerfuhr.

Doch Luise wird sich hüten.
Zwischen Gänseblumenblüten
und umgarnt von Weidenzäunen
wird sie sich wohl nie mehr bräunen.
Überhaupt ist die Natur
ihr seit heute sehr obskur.
Sicher ist, das weiß sie schon,
nur noch eines: Ihr Balkon.

Splash

Badende Venus,
durchnässt
von stiller
Sehnsucht,
versunken
in den Fluten
deiner Badewanne,
ertrunken
in tausend Tropfen
Eitelkeit.
Dein leiser Hilfe-Ruf
tönt dumpf
in wasservollen Ohren,
taucht ungehört hinab,
verhallt,
vom Shampoo weich gespült,
in Abflussrohren,
ertrinkt
aus lauter Einsamkeit,
versinkt
mit aller Traurigkeit
in deinem Bade.
Schade.

Tagtraum

Wär schön, noch einmal leicht zu sein,
so leicht wie ich als Kind mich fühlte,
als ich in allem, was geschah,
nur immer neue Wunder sah
und mich durch's Leben spielte,
das mich, so schien's, auch gern bewachte.

Weiß noch, wie unbeschwert ich lachte,
weil's damals noch kein Gestern gab:
Kein Weh, kein Ach, kein Abschiednehmen.
Da war'n noch keine von den Sorgen,
die mich im Heute manchmal lähmen,
die uns das Morgen auferlegt.

So vieles hat mich schon bewegt,
was ich als Kind nicht ahnen konnte.
Ich sonnte
mich in Leichtigkeit
und lachte,
weil das Leben mir,
noch keinen Kummer machte.

Das Klagen der Bäume

Die modernden Blätter, sie seufzen im Klang seiner
Schritte
und wirbeln vom Boden im Schwung seiner
wütenden Tritte.
Sein Klagen hallt fern hin im herbstlichen Schatten
der Bäume,
betrauertes Wissen um sommerverlorene Träume.

Das Rauschen der Kronen verschluckt die
gejammerte Klage,
gefundenes Fressen für trübe und stürmische Tage.
Sie tragen die Schmerzen auf kühlen, verregneten
Schwingen,
dahin, wo die Vögel, die fort sind, schon lang nicht
mehr singen.

Nach Stunden dann endlich verklärt sich im Sturme
der Himmel.
Die Wolken verweißen zu Bildern geflügelter
Schimmel
und jagen vorm Winde dahin wie die rotfahlen
Blätter.
»Sie spielen das Leben«, so denkt er und flüstert:
»Scheiß Wetter!«

Sturzflug

Es flattern Gedanken
mit schmerzenden Schwingen.
Ihr zartes Vibrieren,
ihr fröhliches Klingen
erstarb mit den Blicken
in angstvolle Tiefe,
als riefe da jemand von unten:
»Du stirbst!«

Die Kräfte erlahmen,
die Schreie verhallen
beim wehrlosen Fallen
ins nachtschwarze Nichts.

Am Ende – ist Stille,
kein wehes Erwachen.
In bangem Verharren
erhellt sich das Dunkel
und dann so beim Umschau'n,
wen seh ich?
Nur mich.

Die Tulpe oder Auf ein Neues

Zauber erster Frühlingstage,
die sich früh- und späthin recken
und in milder Südhanglage
eben eine Tulpe wecken.

Dort im jüngst erwärmten Boden,
wo sie ruhte, herbstversunken,
hebt aus dichtem Rasensoden,
sich die Knospe schlafestrunken.

Und sie streckt ins Himmelblaue
nach des Winters Kälte wieder
in die Frühlingsluft, die laue,
ihre saftig-grünen Glieder.

Hoch ins Angesicht der Sonne
hebt errötend sie die Blüte,
wo der Wind sie voller Wonne
wiegt mit kindlichem Gemüte.

Mutig fliegt die erste Biene,
taucht ins Rot der frühen Blume.
Ringsumher durchwebt das Grüne
mehr und mehr die Bodenkrume.

Hauch der ersten Frühlingstage,
die dem Gestern nun entrinnen
und dir leise flüstern: »Wage
dich, von Neuem zu beginnen!«

Time für'n Reim

Ab dem Moment, wo ich zur Nacht
die tagesmüden Lider schließe,
bis hin zu jenem Augenblick,
wo mich empfängt des Schlafes Süße,
kann ich im Dunkeln und im Stillen
mal munkeln, mal in Reime hüllen,
was jenseits Stirn das Hirn durchrührt
und mich so gerne amüsiert.

So will er mal, der Killerwal;
es heften, reißen kleine Zwecken.
Ja, überhaupt scheint jedes Wort
oft nur ein Witz um tausend Ecken.
Sei auf der Hut, hab auf die Hüte;
trag diese, rauch die and're Tüte.
Sei Kind geschwind, das sprachverspielt
auch hinter die Fassaden schielt.

Verbales Wandern, einschlaflang.
Beschickert an der Denkbar hocken,
wo Wort um Wort in Gläser rinnt,
bis schlanke Schweine Schlachter schocken
und ich gelind zu sagen wage,
dass ich Gerlindes Schlüpfer trage.

Ist nur ein Scherz,
weil Time für'n Reim.

Im Bett vergraben und daheim,
hab ich das Leben kurz belacht,
mir ein, zwei Verse drauf gemacht
und nu is Schluss!

Im Schlafesfluss
versinkt mein Tag, wird fortgetragen
(vom Heut ins Gestern, mag man sagen)

Bis morgen aber bleiben mir
die zwei, drei Verse auf Papier;
vorm Schlafen schnell noch aufgeschrieben:
Dem Gestern entrissen,
von hüben nach drüben.

Danksagung

Mein herzlichstes Dankeschön gilt Frank und Andreas, die mich mit Lob und Liebe zum Schreiben ermutigten und ohne die sich die Seiten dieses Buches nie gefüllt hätten.

Inhaltsverzeichnis

Lies mich 7

tierlieb & tierleid
GirAffenliebe 11
Ins Schwarze 12
Kuss der Spinnenfrau 13
Handicap 14
Dicke Möpse 15
Qual der Wahl 16
Hoppla 17
Die Yorki-Trilogie 18
Die Flunder 27
Relationen 28
Meer plus Schwein 29
Raupe adé, Fliegen passé 30
Triebgesteuert 31
Päuschen 32
Futterquelle 33
Alles oder Nichts 34
In Memoriam 36
Savannen-Glück 37
Eindeutig Zweideutig 38
Ach Romeo, oh Julia 39
Nomen est Omen 40
Abendstille 41
Geometrie einer Schlange 42
Schonungslos 43
Short Story 44
Das Drama des Palasthundes 45
Die Henne - 1 47
Die Henne - 2 48
Die Henne - 3 49
Namensgebung 50
Forellenflug 51
Fehleinschätzung 52

Das Kätzchen im Walde 53
Nofretete 54
Sommerschlusswort 60
Wales Wille 61
Wohin dein Blick sich wendet 62
Irren ist tierisch 63
Ein Fall von Ostern 64
Frühlingsgedanken 66
Kuckuck 67
Symbolisch 68

liebestaumeln / liebesbaumeln
Die Liebe 71
Ohnegleichen 72
Entschlossen unentschlossen 73
Affekt 74
Hermine oder Wer zuletzt lacht 75
Namenlos 82
Lieb-Los 83
Sehnsucht in vier Jahreszeiten 84
Liebesprodukt 86
Ohne dich 87
Schlafeslächeln 88
Schlussstrich 89
Verzögerung 90
Hin und weg 91
Raumgefühl 92
Herzweh 94
Ende einer Liebesnacht 96
Hingerissen 97
In Frühlingslaune 98
Wenn ... 100
Bittgesang 101
Kein Zweifel 102
Stille Anbetung 103
Rastlos 104
Stilles Hoffen 106
Blaugeschlagen 107
Die Schaukel 108
Kurz und schmerzlos 109

Lieb mich 110
Und überhaupt 111
Küssen ... 112
Küssen Zwei 113
Stilles Wasser 114
Chat-Mania 116
Träumen lassen 117
Es ist so still geworden 118
Ent-Täuschung 119
Einmal ist keinmal 120
Ersatzbefriedigung 121
Teatime 122
Wortlos 124
Scheidungswunsch 125
Zaghaft 126

lebenslustig / lebenslastig
Bolero 129
Mußestunde 135
Endlich 136
Faust oder Fisch 137
Im Fluss 138
Jahreszeiten 139
Märchenstunde meets Limerick 140
Parallelen 141
Selber schuld 142
Mitgenommen 143
Einsicht 144
Trauma 145
Highfly 146
Ein Sommertag und Luise 147
Splash 153
Tagtraum 154
Das Klagen der Bäume 155
Sturzflug 156
Die Tulpe oder Auf ein Neues 157
Time für'n Reim 158

Danksagung 160

Ody (Gregor Köhne)

1960 in Solingen geboren, lebt in Saarbrücken, ist Gärtner, Dipl. Ing. für Landschaftsplanung und angehender Berufsschullehrer, Dichter, Bühnenautor (Stücke für Erwachsene und Kinder) und Rezitator.

Ody rezitiert seine Werke in eigenen Lyrikprogrammen oder zusammen mit anderen Künstlern, u.a. mit Sänger Berthold Hirschfeld und Pianist Georg Weege im Ensemble **Das HühnchenTrio**. Aufsehen erregt auch immer wieder Odys Pin-Up-Poetry, wie beispielsweise 2007 dieTextausstellung »Gedichte an Baumes Borke« in der größten Parkanlage Saarbrückens oder 2008 die Gedichte am SäulenRund in der Saarbrücker Stadtgalerie anlässlich des Welt-Aids-Tages.
Er gehörte bisher als einziger Wettbewerbsteilnehmer drei Jahre in Folge zu den Wilhelm-Busch-Preisträgern (2001 bis 2003). Zudem gewann er 2007 den Sonderpreis Humor beim Jokers Lyrikpreis.
Odys Stil ist eine gekonnte Mischung aus Wortspiel, Dramaturgie, Reim, Rhythmus und vor allem treffsicherem Humor. Im vorliegenden Buch ist eine Auswahl seiner besten Texte versammelt: Mal nachdenklich, mal ausgelassen und immer wieder herzerfrischend böse.
Odys Homepage: www.ody-online.de